呆堂漢詩集（第四）

自　序

一、昨年、満九十歳を迎えました。身体の衰えを痛感し、仕事は全部辞め、数年前に契約した老人ホームで、なるべく過ごすようにしています。
　ここは、最近評判の豊洲の一角で、医者が常駐し、三食・介護付きで生活には便利です。その上、銀座方面も極く近く、芝居・演芸等を楽しむには、便利です。部屋は、隅田川下流域に面し、ぼんやり水面を眺めていると自ずと詩想が湧き上がってきます。これを纏めて漢詩集四冊目とし、本書に纏めました。世に問うほどのものではないので、せめて、児孫に残すこととしたいと思います。
二、また、前著同様、漢字の右側に○●◎の印をつけ、それぞれ、平・仄・韻字を表わしています。近体詩については、一応その作詩規則を守っているつもりです。

令和元年　五月一日

土　川　泰　信

呆堂漢詩集（第四）＊目次

自序　一頁
韓國五輪　七言絶句　〈平成三〇年　二月〉　一九頁
豪雪　五言絶句　〈平成三〇年　二月〉　二〇頁
春節　五言絶句　〈平成三〇年　二月〉　二一頁
議院百餘年　七言律詩　〈平成三〇年　二月〉　二二頁
五輪　七言絶句　〈平成三〇年　二月〉　二四頁
葡萄酒　七言絶句　〈平成三〇年　二月〉　二五頁
失齒　五言絶句　〈平成三〇年　二月〉　二六頁
友集　七言絶句　〈平成三〇年　二月〉　二七頁
雛祭　七言律詩　〈平成三〇年　三月〉　二八頁

萬物龍飛　七言絶句　〈平成三〇年　三月〉　三〇頁
毎日一詩　七言絶句　〈平成三〇年　三月〉　三一頁
珈琲　七言絶句　〈平成三〇年　三月〉　三二頁
國民榮譽賞　七言絶句　〈平成三〇年　四月〉　三三頁
君不見唐紅　五言絶句　〈平成三〇年　四月〉　三四頁
春來(一)　七言絶句　〈平成三〇年　四月〉　三五頁
春來(二)　七言絶句　〈平成三〇年　四月〉　三六頁
古里　五言絶句　〈平成三〇年　四月〉　三七頁
國性爺合戰　七言律詩　〈平成三〇年　四月〉　三八頁
定期船　七言絶句　〈平成三〇年　四月〉　四〇頁
江戸灣頭　七言絶句　〈平成三〇年　四月〉　四一頁
墨堤　七言絶句　〈平成三〇年　四月〉　四二頁
銘茶　七言絶句　〈平成三〇年　四月〉　四三頁
梅雨小袖昔八丈　七言律詩　〈平成三〇年　四月〉　四四頁

忖度　七言絶句　〈平成三〇年　四月〉　四六頁
偶感　五言絶句　〈平成三〇年　四月〉　四七頁
我誕生地　七言絶句　〈平成三〇年　四月〉　四八頁
五月節句　七言絶句　〈平成三〇年　五月〉　四九頁
銘茶　七言絶句　〈平成三〇年　五月〉　五〇頁
介護機械　七言絶句　〈平成三〇年　五月〉　五一頁
花粉　七言絶句　〈平成三〇年　五月〉　五二頁
災難　七言絶句　〈平成三〇年　五月〉　五三頁
牡丹　七言絶句　〈平成三〇年　五月〉　五四頁
茅屋有感　七言絶句　〈平成三〇年　五月〉　五五頁
桃花原　七言絶句　〈平成三〇年　五月〉　五六頁
國會　七言絶句　〈平成三〇年　五月〉　五七頁
老人　七言絶句　〈平成三〇年　五月〉　五八頁
竹馬友　五言絶句　〈平成三〇年　五月〉　五九頁

友集歡談　七言絶句　〈平成三〇年　五月〉　六〇頁
躑躅　五言絶句　〈平成三〇年　五月〉　六一頁
歌舞伎改革　七言絶句　〈平成三〇年　五月〉　六二頁
花開花散　七言絶句　〈平成三〇年　五月〉　六三頁
人生航路　七言絶句　〈平成三〇年　五月〉　六四頁
九十年有感　七言絶句　〈平成三〇年　五月〉　六五頁
競技　七言絶句　〈平成三〇年　五月〉　六六頁
友人病床　七言絶句　〈平成三〇年　五月〉　六七頁
孤舟三十年餘　七言絶句　〈平成三〇年　五月〉　六八頁
日本茶　七言絶句　〈平成三〇年　五月〉　六九頁
梅雨　七言絶句　〈平成三〇年　五月〉　七〇頁
鎌倉大佛　七言絶句　〈平成三〇年　五月〉　七一頁
音樂會　七言絶句　〈平成三〇年　五月〉　七二頁
落語　七言絶句　〈平成三〇年　五月〉　七三頁

弁天小僧菊之助　七言律詩　〈平成三〇年　五月〉　七四頁
薔薇㈠　七言絶句　〈平成三〇年　五月〉　七六頁
薔薇㈡　五言絶句　〈平成三〇年　五月〉　七七頁
散歩　七言絶句　〈平成三〇年　五月〉　七八頁
墓　七言絶句　〈平成三〇年　五月〉　七九頁
遠花火　五言絶句　〈平成三〇年　五月〉　八〇頁
乾坤法則　七言絶句　〈平成三〇年　五月〉　八一頁
悼石川昌利君　七言絶句　〈平成三〇年　五月〉　八二頁
東京天望回廊　七言絶句　〈平成三〇年　五月〉　八三頁
濱離宮恩賜庭園　七言律詩　〈平成三〇年　五月〉　八四頁
濱離宮　七言絶句　〈平成三〇年　五月〉　八六頁
梅雨陰陰　七言絶句　〈平成三〇年　五月〉　八七頁
連休　七言絶句　〈平成三〇年　五月〉　八八頁
相撲　七言絶句　〈平成三〇年　五月〉　八九頁

高層建築　七言絶句　〈平成三〇年　五月〉　九〇頁
快速船　七言絶句　〈平成三〇年　五月〉　九一頁
茶會　七言絶句　〈平成三〇年　六月〉　九二頁
舊友會　七言絶句　〈平成三〇年　六月〉　九三頁
米朝會談　七言絶句　〈平成三〇年　六月〉　九四頁
日之丸　七言絶句　〈平成三〇年　六月〉　九五頁
起重機　七言絶句　〈平成三〇年　六月〉　九六頁
大學競技　七言絶句　〈平成三〇年　六月〉　九七頁
中元　七言絶句　〈平成三〇年　六月〉　九八頁
雷鳴急襲　七言絶句　〈平成三〇年　六月〉　九九頁
喫茶　七言絶句　〈平成三〇年　六月〉　一〇〇頁
暗雲　七言絶句　〈平成三〇年　六月〉　一〇一頁
南洲　西鄉隆盛　七言律詩　〈平成三〇年　六月〉　一〇二頁
四季之風　七言絶句　〈平成三〇年　六月〉　一〇四頁

作詩三昧　七言絶句　〈平成三〇年　六月〉　一〇五頁
颶風　七言絶句　〈平成三〇年　六月〉　一〇六頁
日米交渉　七言絶句　〈平成三〇年　六月〉　一〇七頁
交通事故　七言絶句　〈平成三〇年　六月〉　一〇八頁
齢九十　七言絶句　〈平成三〇年　六月〉　一〇九頁
苔　七言絶句　〈平成三〇年　六月〉　一一〇頁
最近音曲　七言絶句　〈平成三〇年　六月〉　一一一頁
孤雲野鶴　七言絶句　〈平成三〇年　六月〉　一一二頁
若者往時姿　五言絶句　〈平成三〇年　六月〉　一一三頁
寄席㈠　七言絶句　〈平成三〇年　六月〉　一一四頁
寄席㈡　七言絶句　〈平成三〇年　六月〉　一一五頁
夏至　五言絶句　〈平成三〇年　六月〉　一一六頁
老残之記　七言絶句　〈平成三〇年　六月〉　一一七頁
自動車　七言絶句　〈平成三〇年　六月〉　一一八頁

定例會合　七言絶句　〈平成三〇年　七月〉　一一九頁
異狀氣象　七言絶句　〈平成三〇年　七月〉　一二〇頁
樂迷詩　七言絶句　〈平成三〇年　七月〉　一二一頁
茅屋詠詩　五言絶句　〈平成三〇年　七月〉　一二二頁
早起　七言絶句　〈平成三〇年　七月〉　一二三頁
求美醇　七言絶句　〈平成三〇年　七月〉　一二四頁
雨降地固　七言絶句　〈平成三〇年　七月〉　一二五頁
鯔遡上　五言絶句　〈平成三〇年　七月〉　一二六頁
飛行機　七言絶句　〈平成三〇年　七月〉　一二七頁
天候異變　七言絶句　〈平成三〇年　七月〉　一二八頁
洞窟救助　七言絶句　〈平成三〇年　七月〉　一二九頁
新聞　七言絶句　〈平成三〇年　七月〉　一三〇頁
墓參　七言絶句　〈平成三〇年　七月〉　一三一頁
鸚哥　七言絶句　〈平成三〇年　七月〉　一三二頁

自發的無償參加　七言絶句　〈平成三〇年　七月〉　一三三頁
松竹新喜劇七十年　七言律詩　〈平成三〇年　七月〉　一三四頁
大暑　七言絶句　〈平成三〇年　七月〉　一三六頁
百日紅　七言絶句　〈平成三〇年　七月〉　一三七頁
螢　五言絶句　〈平成三〇年　七月〉　一三八頁
珍果來　七言絶句　〈平成三〇年　七月〉　一三九頁
調髮　七言絶句　〈平成三〇年　七月〉　一四〇頁
蟬聲　七言絶句　〈平成三〇年　七月〉　一四一頁
遇舊友　七言絶句　〈平成三〇年　七月〉　一四二頁
今年花火　七言絶句　〈平成三〇年　七月〉　一四三頁
向日葵　七言絶句　〈平成三〇年　八月〉　一四四頁
鰻蒲燒　七言絶句　〈平成三〇年　八月〉　一四五頁
火星　七言絶句　〈平成三〇年　八月〉　一四六頁
眼科醫院　七言絶句　〈平成三〇年　八月〉　一四七頁

一天急變　七言絶句　〈平成三〇年　八月〉　一四八頁
快速船　五言絶句　〈平成三〇年　八月〉　一四九頁
美虹鮮　五言絶句　〈平成三〇年　八月〉　一五〇頁
訃報至　七言絶句　〈平成三〇年　八月〉　一五一頁
悼服部壽郎師　七言絶句　〈平成三〇年　八月〉　一五二頁
悼歌丸　七言絶句　〈平成三〇年　八月〉　一五三頁
雲往水流　七言絶句　〈平成三〇年　八月〉　一五四頁
獨身滿喫　七言絶句　〈平成三〇年　八月〉　一五五頁
友招來　七言絶句　〈平成三〇年　八月〉　一五六頁
書類整理　七言絶句　〈平成三〇年　八月〉　一五七頁
皇居俯瞰　七言絶句　〈平成三〇年　八月〉　一五八頁
屋形船　七言絶句　〈平成三〇年　九月〉　一五九頁
眼痛　七言絶句　〈平成三〇年　九月〉　一六〇頁
老人多病　七言絶句　〈平成三〇年　九月〉　一六一頁

今月歌舞伎　七言絶句　〈平成三〇年　九月〉　一六二頁
日本倶樂部之禁煙　七言絶句　〈平成三〇年　九月〉　一六三頁
秋日好天　五言絶句　〈平成三〇年　九月〉　一六四頁
銀木犀　七言絶句　〈平成三〇年　九月〉　一六五頁
十五夜　七言律詩　〈平成三〇年　九月〉　一六六頁
文樂專念飛鳥號　七言律詩　〈平成三〇年　九月〉　一六八頁
横中三四會　五言絶句　〈平成三〇年一〇月〉　一七〇頁
往時懷古　七言絶句　〈平成三〇年一〇月〉　一七一頁
豐洲　五言絶句　〈平成三〇年一〇月〉　一七二頁
市場移轉　七言絶句　〈平成三〇年一〇月〉　一七三頁
豐洲市場㈠　七言絶句　〈平成三〇年一〇月〉　一七四頁
豐洲市場㈡　七言絶句　〈平成三〇年一〇月〉　一七五頁
平家女護島　七言律詩　〈平成三〇年一〇月〉　一七六頁
作詩三昧㈠　七言絶句　〈平成三〇年一〇月〉　一七八頁

作詩三昧 (二)　五言絶句　〈平成三〇年一〇月〉　一七九頁
世界情勢　七言絶句　〈平成三〇年一〇月〉　一八〇頁
人生　七言絶句　〈平成三〇年一〇月〉　一八一頁
賀状欠禮　七言絶句　〈平成三〇年一一月〉　一八二頁
晩秋景　七言絶句　〈平成三〇年一一月〉　一八三頁
小鳥　五言絶句　〈平成三〇年一一月〉　一八四頁
眼病入院　七言絶句　〈平成三〇年一一月〉　一八五頁
歳末黄昏　五言絶句　〈平成三〇年一二月〉　一八六頁
昭和平成　七言絶句　〈平成三〇年一二月〉　一八七頁
最近餘情　七言律詩　〈平成三〇年一二月〉　一八八頁
年末風景　七言絶句　〈平成三〇年一二月〉　一九〇頁
歳末所感　五言絶句　〈平成三〇年一二月〉　一九一頁
姫路城音菊礎石　七言律詩　〈平成三一年　一月〉　一九二頁
現代風潮　七言絶句　〈平成三一年　一月〉　一九四頁

立春　七言絶句　〈平成三一年　一月〉　一九五頁
東園　七言絶句　〈平成三一年　二月〉　一九六頁
墨江櫻　七言絶句　〈平成三一年　二月〉　一九七頁
老齢　五言律詩　〈平成三一年　三月〉　一九八頁
雛祭　五言絶句　〈平成三一年　三月〉　二〇〇頁

呆堂漢詩集（第四）

韓國五輪

韓○國●五●輪○衆○目●鳩◎
選●艮○悉●技●競●純○優◎
北●南○吟○和●如○何○進●
世●界●關○心○是●點●留◎

平成三〇年二月

韓国五輪

韓国　五輪　衆目　鳩まる
選良　技を悉し　純優を競ふ
北南の吟和　如何に進まん
世界の関心　是の点に留まる

七言絶句（下平十一尤）

豪雪

五言絶句（上平一東）

寒○波○來○襲●夜●
降●雪●世●間○充◎
朝○起●白●銀○美●
交○通○一●切●窮◎

平成三〇年二月

豪雪

寒波　来襲の夜
降雪　世間に充つ
朝　起きれば　白銀　美はし
交通　一切　窮まる

五言絶句（上平十灰）

春節

鄰○邦○春○節●日●
多○數●旅●人○來◎
爆●買●周○知○事●
和●中○親○好●媒◎

平成三〇年二月

春節

隣邦　春節の日
多数の旅人　来たる
爆買は　周知の事
和中　親好の媒

七言律詩（下平一先）

議院百餘年

議●院○開○設●百●餘○年◎
民○衆●參○政○要●約●全◎
株○價●落●昇○民○族●的●
金○錢○低●高●經●商○緣◎
厚●生○寂●寂●志●長○壽●

議院百余年

議院　開設　百余年
民衆の参政　要約するに　全うす
株価の落昇　民族の的
金銭の低高　経商の縁
厚生　寂々として　長寿を志し

福●祉●營○營○謀○高●眠◎
戰●爭●平○和○情○大●事●
人○人○命●運●在●無○邊◎

平成三〇年二月

福祉　営々として　高眠を謀る
戦争と平和　情《まこと》に　大事
人々の命運　無辺に在り

五輪

五●輪○表●式●最●高○涯◎
形○色●鮮○明○我●國●旗◎
勿●競●徒○承○知○賞●數●
和○親○交○際●世●間○基◎

平成三〇年二月

五輪　　七言絶句（上平四支）

五輪の表式　最高の涯
形色　鮮明　我が国の旗
徒らに　賞数を承知するを競ふこと勿れ
和親の交際は　世間の基

葡萄酒

七言絶句（下平四豪韻）

不●思○果●物●實●葡○萄◎
釀●造●加○工○成○美●醪◎
萬●古●佳○人○涵○老●酒●
白●紅○令●色●味●崇○高◎

平成三〇年二月

葡萄酒

不思な果物　実葡萄
醸造　加工　美醪と成る
万古　佳人　老酒に涵《ひた》る
白紅の令色　味　崇高

五言絶句（上六魚韻）

失齒

●○○●●
突如前齒欠
●●●○◎
寫鏡面非余
●●●○●
食喋不便局
●○○●◎
健康長壽初

平成三〇年二月

歯を失ふ

突如　前歯を欠く
鏡に写す　面　余に非ず
食　喋　不便の局
健康は　長寿の初め

友集

七言絶句（下平二蕭韻）

○○●●●○◎
幾何酒氣體心跳
○●●○○●◎
銘釀一杯天國招
○●○○○●●
親友今宵前後集
●○●●●○◎
不終會話總豐饒

平成三〇年二月

友　集ふ

幾何の酒気　体心　跳ぶ
銘釀　一杯　天国　招く
親友　今宵　前後して　集ふ
終らざる会話　総て　豊饒

七言律詩（下平六麻韻）

雛祭

陽○春○三○月●賞●桃○花◎
女●子●飾●雛○傳○統●華◎
内●裏●玉●盤○冠○幕●下●
大●臣○次●段●率●官○銜◎
五●人○囃●達●整●音○調●

雛祭

陽春　三月　桃花を賞づ
女子　雛を飾る　伝統の華
内裏は玉盤　幕下に冠たり
大臣は次段　官銜を率ゐる
五人囃達は　音調を整へ

三○婦●連○衆○誇○絹●紗◎

家○族●參○蒐○分○互●喜●

古●來○風○習●我●邦○誇◎

平成三〇年三月

三婦連衆は　絹紗を誇る

家族　参蒐　互に喜びを分かち

古来の風習　我が邦の誇

萬物龍飛

○○○●●○◎
川流行不戻生涯

○●●○○●◎
雲往去無留片時

●●○○○●●
萬物龍飛毋静止

○○●●○○◎
人寰逸事感天爲

平成三〇年三月

七言絶句（上平四支韻）

万物龍飛

川は流れ行き　生涯　戻らず

雲は往き去り　片時も留ること無し

万物　龍飛　静止することなし

人寰の逸事　天爲を感ず

毎日一詩

毎●日●一●編○吟○漢●詩◎
唐○時○作●法●我●不○知◎
所●思○獨●記●殘○兒○等●
孤○立●哀○歡○長○命●基◎

平成三〇年三月

毎日一詩　　七言絶句（上平四支韻）

毎日一編　漢詩を吟ず
唐時の作法　我　知らず
所思　独り記し　児等に残す
孤立の哀歓　長命の基

珈琲

毎●日●三○時○珈○琲●嬉◎
芳○香○充○室●寸●心○醫◎
適●宜○抽●出●名○人○技●
併●用●緑●茶○長○壽●資◎

平成三〇年三月

七言絶句（上平四支韻）

珈琲

毎日　三時　珈琲の嬉み
芳香　室に充ち　寸心　医さる
適宜の抽出　名人の技
緑茶を併用し　長寿の資

國民榮譽賞

國●民○榮○譽●賞●先○行◎
碁○將●棋○初○得●盛●名◎
父●母●欲●令○兒○向●譜●
天○才○不●產●世●間○情◎

平成三〇年四月

国民栄誉賞　　七言絶句（下平八庚韻）

国民栄誉賞　先行す
碁　将棋　初めて　盛名を得る
父母　児をして　譜に向はしめんと欲す
天才　産まれざるは　世間の情

君不見唐紅　　唐紅を見ずや君

五言絶句（上平一東韻）

我●泣●友●憂○慮●
朋○舞○吾○喜●充◎
人○生○應○意●氣●
君○不●見●唐○紅◎

我は　友の憂慮に　泣き
朋は　吾が喜び　充つるに　舞ふ
人生　意気に応ず
君　唐紅を　見ずや

平成三〇年四月

春來　㈠

桃○花○埋○野●一●齊○開◎
櫻○樹●彩●街○周○綠●栽◎
春○日●蕩●心○寒○氣●去●
平○和○生●活●庶●民○財◎

平成三〇年四月

春来　㈠　七言絶句（上平十灰韻）

桃花　野を埋め　一斉に　開く
桜樹　街を彩り　周に緑　栽う
春日　蕩心　寒気　去る
平和な生活　庶民の財《たから》

春來 (二)

春○風○爽●快●誘●煙○霞◎
櫻○蕾●膨○張○待●盛●花◎
舟○子●悠○悠○遊○水●際●
萬●人○心○計●望●光○華◎

平成三〇年四月

春来 (二)　　七言絶句（下平六麻韻）

春風　爽快　煙霞を誘ふ
桜蕾　膨張し　盛花を待つ
舟子　悠々として　水際に遊び
万人の心計　光華を望む

五言絶句（下平七陽韻）

古里

今○日●樂●歌○里●
盛○時○古●戰●場◎
孤○軍○無○策●鬪●
弦○誦●一●期○香◎

平成三〇年四月

古里

今日　楽歌の里
盛時　古戦場
孤軍　無策の闘
弦誦　一期の香

國性爺合戦

七言律詩（下平六麻韻）

名○作●近●松○國●性●爺◎
歌○舞○上●演●當●今○華◎
甘○輝○拒●絶●遺○兒○囑●
錦●女●應○身○決●死●誇◎
老●一●官○狙○蘇○舊●主●

国性爺合戦

名作　近松　国性爺
歌舞　上演す　当今の華
甘輝　拒絶す　遺児の嘱
錦女　身に応ず　決死の誇
老一官　旧主の蘇を　狙ひ

和●唐○內●奮●譽●鄰○家◎
樂●人○演●出●調○和○美●
中○日●交○流○呈○插●花◎

平成三〇年四月

和唐内　隣家の誉を　奮ふ
楽人　演出　調和の美
中日　交流　挿花を呈す

七言絶句（下平一先韻）

定期船

豊洲　浅草　定期船
花時に進運し　乗客　連なる
沿岸の桜桃　方に　最盛
老人　弱者　秘蔵の妍

定期船

豊○洲○淺●草●定●期○船◎
進●運●花○時○乘○客●連◎
沿○岸●櫻○桃○方○最●盛●
老●人○弱●者●祕●藏○妍◎

平成三〇年四月

江戸灣頭

江○戸●灣○頭○三○脚●橋◎
都○心○沿○海●貫●通○要◎
夜●間○電●飾●欺○人○美●
一●轉●高○望○富●士●遙◎

平成三〇年四月

江戸湾頭　**七言絶句**（下平二蕭韻）

江戸湾頭　三脚の橋
都心　沿海　貫通の要
夜間の電飾　人を欺むく　美
一転　高望すれば　富士　遥かなり

墨堤

墨●堤○三○里●滿●開○櫻◎
都○鳥●休○舞○鷗○浪●鳴◎
和●席●小●舟○廻○舵●進●
客●人○陶○醉●樂●歌○笙◎

平成三〇年四月

墨堤　七言絶句（下平八庚韻）

墨堤　三里　満開の桜
都鳥　舞を休み　鷗　浪に鳴く
和席の小舟　舵を廻らして　進み
客人　陶酔　歌笙を楽しむ

銘茶

名○茶○豐○潤●放●芳○香◎
癒○渇●保●身○天○與●糧◎
往●昔●利●休○隆○藝●術●
萬●人○日●毎●樂●探○湯◎

平成三〇年四月

銘茶　七言絶句（下平七陽韻）

名茶　豊潤　芳香を放つ
渇を癒し　身を保つ　天与の糧
往昔　利休　芸術に隆む
万人　日毎　探湯を楽しむ

梅雨小袖昔八丈

歌○舞○伎●髪●結●新○三◎
封○建●當○時○人○擧●甘◎
忠○七●丁○男○唇○許●脹●
御●熊○乙●女●眼●光○曇◎
隠●居○家○主●治●町○住●

梅雨小袖昔八丈

七言律詩（下平十三覃韻）

歌舞伎　髪結　新三
封建　当時　人　挙げて　甘し
忠七　丁男にして　唇許　脹れ
御熊　乙女にして　眼先　曇る
隠居　家主　町を治めて　住み

渡●世●博●徒○攻○外●貪◎
地●獄●汰●沙○金○次●第●
戯●文○悲○劇●庶●民○湛◎

平成三〇年四月

渡世　博徒　外を攻めて　貪る
地獄の汰沙も　金　次第
戯文　悲劇　庶民の　湛《たのしみ》

忖度

七言絶句（上平八斉韻）

櫻○花○滿●溢●墨●江○堤◎
溫○暖●微○風○鷗○浪●栖◎
國●會●紛○紜○評○忖●度●
人○心○有●度●正●低○迷◎

忖度

桜花　満溢　墨江の堤
温暖　微風　鷗　浪に栖む
国会　紛紜　忖度を評す
人心　有度　正に低迷

平成三〇年四月

＊「孟子」梁恵王上…他人心有予忖度之

偶感

五言絶句（上平四支韻）

櫻○花○爛○漫●季●
鳥●囀●草●萌○時◎
獨●默●考●前○道●
眞○元○存○實●斯◎

平成三〇年四月

偶感

桜花　爛漫の季
鳥　囀り　草　萌ゆる時
独り黙して　前の道を　考ふ
真元は　実に　斯に存す

我誕生地

相州三浦葉山郷
●○○●●○◎
臨海溫和風物芳
○●○○○●◎
九十年前誕生地
●●○○○●●
名洲近遠富峰望
○○●●●○◎

平成三〇年四月

我誕生地

七言絶句（下平七陽韻）

相州　三浦　葉山の郷

海に臨んで　溫和にして　風物　芳し

九十年前　誕生の地

名洲　近く　遠くは　富峰を望まる

五月節句

薫●風○撫●頬●凧●舞○天◎
各●戸●飾●兜○祈○健●全◎
故●國●相○傳○民○俗●内●
堅○持○美●習●贈●餘○年◎

平成三〇年五月

五月節句　　七言絶句（下平一先韻）

薫風　頬を撫で　凧　天に舞ふ
各戸　兜を飾り　健全を祈る
故国の相伝　民俗の内
美習を堅持し　余年に贈らん

銘茶

美●娘○給●仕●喫●銘○茶◎
新●緑●芳○香○傳○統●誇◎
老●境●暫●時○休○息●間●
新○風○熟●慮●現●生○華◎

平成三〇年五月

七言絶句（下平六麻韻）

銘茶

美娘　給仕して　銘茶を喫す
新緑　芳香　伝統の誇
老境　暫時　休息の間
新風　熟慮　現生の華

介護機械　　七言絶句（上平五微韻）

老●齡○衰○弱●用●援○機◎
簡●素●人○爲○能○奮●威◎
生●物●前○途○難○予●測●
如○何○發●見●及●光○輝◎

平成三〇年五月

介護機械

老齢　衰弱　援機を用ふ
簡素なる人為　能く　威を奮ふ
生物の前途　予測し難し
発見　光輝に及ぶを　如何せん

花粉

檜●杉○花○粉●振●嚴○威◎
眼●痛●喉○欷○身○命●違◎
科○學●近●時○伸○展●著●
藥●醫○進●步●掛●神○祈◎

平成三〇年五月

花粉

七言絶句（上平五微韻）

桧　杉の花粉　厳威を振ふ
眼　痛み　喉　欷《むせ》び　身命　違《たが》う
科学　近時　伸展　著し
薬医の進歩　神　掛けて　祈る

災難

十●月●強○風○人○物●飛◎
交○通○混●亂●不●能○歸◎
一●年○數●度●遭○窮○狀●
今○後●改●良○惟○庶●幾◎

平成三〇年五月

災難　七言絶句（上平五微韻）

十月の強風　人物飛ぶ
交通混乱　帰る能はず
一年数度　窮状に遭ふ
今後の改良　惟《ただ》庶幾《こいねが》ふ

七言絶句（下平七陽韻）

牡丹

牡丹繚乱　百花の王
古蹟鎌倉　仏堂栄ゆ
極楽願望　民衆の願ひ
近辺の遊覧　信心の行

牡丹

牡●丹○繚○亂●百●花○王◎
古●蹟●鎌○倉○榮○佛●堂◎
極●樂●願●望○民○衆●願●
近●邊○遊○覽●信●心○行◎

平成三〇年五月

茅屋有感　　七言絶句（下平五歌韻）

明○窗○淨●机●我●家○科◎
茅○屋●閑○居○雜●事●多◎
天○下●指●針○因○襲●是●
心○神○懸○命●護●平○和◎

平成三〇年五月

茅屋有感

明窓　浄机　我が家の科
茅屋　閑居　雑事　多し
天下の指針　是に　因襲す
心神　懸命　平和を護る

桃花原

鄰○邦○傳○說●境●桃○源◎
花○咲●果●穰○夢○想●園◎
吾○國●話●頭○當○鬼●島●
雙○方○一●致●索●香○魂◎

平成三〇年五月

桃花原　　七言絶句（上平十三元韻）

隣邦の伝説　境　桃源
花　咲き　果　穣る　夢想の園
吾国の話頭　鬼が島に当る
双方　一致して　香魂を索む

國會

七言絶句（下平七陽韻）

●●○○●●◎
國會紛紜最近常
●○●●●○◎
議論忖度爭流亡
●○●●●○●
普天大事奈邊有
●●○○○●◎
日本興亡存選良

平成三〇年五月

国会

国会　紛紜　最近の常
議論　忖度　流亡を争ふ
普天の大事　奈邊に有りや
日本の興亡　選良に存す

老人

髪●銀○杖●白●老●人○家◎
養●生●扶○援○若●者●誇◎
高○歳●時○間○連○日●進●
百●年○目●標●小●心○誇◎

平成三〇年五月

老人　　七言絶句（下平六麻韻）

髪は銀　杖は白し　老人の家
養生　扶援　若者の誇
高歳　時間　連日　進む
百年の目標　小心　誇る

竹馬友

五言絶句（下平八庚韻）

訃●音○相○繼●至●
竹●馬●友●哀○情◎
九●十●年○長○短●
親○交○繫●次●生◎

平成三〇年五月

竹馬友

訃音　相ひ継いで　至る
竹馬の友　哀しき　情
九十年　長きや　短きや
親交　次生に　繋げん

友集歡談

首●都○郊○外●住●茅○庵◎
友●集●歡○談○綠●酒●甘◎
交○誼●多○年○情○義●厚●
願●斯○幸●運●繼●丁○男◎

平成三〇年五月

友集りて歓談す

七言絶句（下平十三覃韻）

首都　郊外　茅庵に住む
友　集りて　歓談　緑酒　甘し
交誼　多年　情義　厚し
願はくは　斯の幸運　丁男に継がせん

躑躅

五言絶句（下平一先韻）

躑●躅●榮○華○咲●
舗○装○道●路●磚◎
自●然○風○景●美●
現●代●萬●人○泉◎

平成三〇年五月

躑躅

躑躅　栄華に咲く
舗装　道路の磚《かわら》
自然　風景の美
現代　万人の泉

歌舞伎改革

七言絶句（上平六魚韻）

望○郷○企●畫●見●芝○居◎
仇○討●心○中○屍○剩●餘◎
封○建●遺○風○今○不●合●
死●骸○除○去●革●新○初◎

平成三〇年五月

歌舞伎改革

望郷　企画　芝居を見る
仇討　心中　屍　剰余たり
封建の遺風　今　合はず
死骸の除去　革新の初め

花開花散

七言絶句（上平四支韻）

花○開○花○散●四●時○移◎
人○去●人○生○一●世●期◎
天○下●更○新○只○夢●似●
郎○君○決●意●刻●英○姿◎

平成三〇年五月

花開花散

花 開き 花 散り 四時 移る
人 去り 人 生まれ 一世期
天下の更新 只 夢に似る
郎君 決意して 英姿を刻まん

人生航路

吉●日●快●晴○遊○覽●船◎
吟○行○多○數●競●名○編◎
海●靑○波○靜●連○鄰○國●
人○生●前○途○惟○萬●全◎

平成三〇年五月

人生航路　　七言絶句（下平一先韻）

吉日　快晴　遊覧船
吟行　多数　名編を競ふ
海　青く　波　静かにして　隣国に連なる
人生の前途　惟　万全

九十年有感

產●出●長○生○九●十●年◎
可●羞○貢●獻●世●無○緣◎
暖●衣○飽●食●耽○詩○作●
活●句●持○參○轉●樂●天◎

平成三〇年五月

九十年感有り　　七言絶句（下平一先韻）

產まれ出でて　長生　九十年
羞づ可し　貢献　世に無縁なり
暖衣　飽食　詩作に耽り
活句　持参　楽天に転ぜん

競技

電●照●煌○煌○運●動●場◎
若●人○競●技●當●今○昌◎
成○功○存○否●専○心○力●
周○縁●支○援○浴●脚●光◎

平成三〇年五月

競技　　七言絶句（下平七陽韻）

電照　煌々　運動場
若人の競技　当今　昌んなり
成功の存否　専ら　心力
周縁の支援　脚光を浴びん

友人病床

三○日●月●光○西○向●空◎
北●風○吹○拔●暗●蒼○穹◎
友●人○病●仆●餘○生○短●
奇○跡●出●來○無○死●窮◎

平成三〇年五月

友人病床　　　七言絶句（上平一東韻）

三日月の　光　西向の空
北風　吹き抜く　暗き　蒼穹
友人　病に仆れ　余生　短し
奇跡　出来　無死　窮す

孤舟三十年餘

展●望●絶●佳○丘○上●居◎
妻○加○二●子●穩●和○廬◎
突●然○病●氣●破○同○夢●
育●鞠●孤○舟○三○十●餘◎

平成三〇年五月

七言絶句（上平六魚韻）

孤舟三十年余

展望　絶佳　丘上の居
妻　加へて　二子　穏和なる廬
突然の病気　同夢を破る
育鞠　孤舟　三十余

日本茶

夏●期○郊○外●圃●歌○聞◎
園○苑●新○茶○綠●野●群◎
作●法●風○調○昂○藝●道●
清○茶○一●服●雅●文○薫◎

平成三〇年五月

日本茶　　七言絶句（上平十二文韻）

夏期　郊外　圃歌　聞ゆ
園苑の新茶　緑野に　群がる
作法　風調　芸道に昂め
清茶　一服　雅文　薫る

梅雨

霧●靄●充○分○梅○雨●涼◎
雨●天○氣●滅●物●皆○亡◎
有●爲○轉●變●世●間○習●
萬●事●來○歸○期○脚●光◎

平成三〇年五月

梅雨　　七言絶句（下平七陽韻）

霧靄　充分　梅雨　涼し
雨天　気　滅し　物　皆　亡ぶ
有為転変　世間の習ひ
万事　来帰　脚光を期す

鎌倉大佛

鎌○倉○大●佛●有●禪○院◎
地●震●津○波○遇●苦●難◎
忘○勿●名○工○齎○國●寶●
本●尊○安○泰●信●心○完◎

平成三〇年五月

鎌倉大仏　　　七言絶句（上平十四寒韻）

鎌倉大仏　禅院に有り
地震　津波　苦難に遇ふ
忘ること勿れ　名工　国宝を齎らすを
本尊　安泰　信心　完うす

音樂會

七言絶句（下平二蕭韻）

今○夕●待●望○音○樂●宵◎
人○聲○器●具●滿●堂○搖◎
古●歌○新○曲●衷○心○響●
老●女●田○翁○安○泰●調◎

平成三〇年五月

音楽会

今夕　待望　音楽の宵
人声　器具　満堂　揺らぐ
古歌　新曲　衷心に　響き
老女　田翁　安泰の調べ

落語

落●語●和○親○日●本●人◎
吾○邦○獨●自●相●傳○銀◎
隱●居○與●太●演●壇○主●
歡○笑●健●康○稱○庶●民◎

平成三〇年五月

落語　七言絶句（上平十一真韻）

落語　和み親しむ　日本人
吾が邦　独自　相伝の　銀《しろがね》
隠居　与太　演壇の　主
歓笑　健康　庶民を称《たた》へん

七言律詩（下平四豪韻）

弁天小僧菊之助

弁●天○小●町●女●銀○濤◎
稲●瀬●川○邊○勢●揃●號◎
河○竹●名○創○轟○世●界●
歌○舞○伎●技●壓●吾○曹◎
征○人○捕●縛●紛○爭○治●

弁天小僧菊之助

弁天小町　女　銀濤《しらなみ》
稲瀬川辺　勢揃ひの号《さけび》
河竹の名創　世界に轟き
歌舞の伎技　吾曹を圧す
征人　捕縛　紛争　治まり

盗●賊●就●繩○安○穩●高◎
惡●黨●滅●亡○平○生●代●
帝●都○全○域●漬●錢○刀◎

平成三〇年五月

盗賊　就縄　安穏　高し
悪党　滅亡　平生の代
帝都　全域　銭刀に漬る

薔薇　㈠

雨●天○晴○渡●美●薔○薇◎
亭○後●一●輪○香○遠●飛◎
夏●日●急●遷○風○氣●變●
華○京○消○易●壽●長○稀◎

平成三〇年五月

薔薇　㈠　　七言絶句（上平五微韻）

雨天　晴れ渡り　美しき　薔薇
亭後の一輪　香り　遠く飛ぶ
夏日　急遷　風気　変る
華京　消し易く　寿長　稀なり

薔薇　(二)

○○○●●
薔薇邸後咲

○●●○◎
紅美氣香華

○●●○●
花内女王品

○○●●◎
平和滿喫家

平成三〇年五月

薔薇　(二)

五言絶句　(下平六麻韻)

薔薇　邸後に咲く

紅　美しく　気　香る　華

花の内　女王の品

平和　満喫の家

散歩

近●鄰○散●歩●健●康○資◎
沿○海●微○風○至●福●時◎
老●骨●馬●齢○腰○脚●弱●
願●期○長○生●作●雄○詩◎

平成三〇年五月

散歩　七言絶句（上平四支韻）

近隣の散歩　健康の資
沿海　微風　至福の時
老骨　馬齢　腰　脚　弱る
願はくは　長生を期し　雄詩を作らん

墓

墓●石●肅●然○書○判●難◎
祖●先○眠○此●景●勝○壇◎
遠●望○富●士●近●沿○海●
他○日●被●埋○彫○大●安◎

平成三〇年五月

墓

七言絶句（上平十四寒韻）

墓石　粛然　書　判じ難し
祖先　此に眠る　景勝の壇
遠く　富士を望み　近く　海に沿ふ
他日　埋め被れ　大安を彫《え》ん

遠花火

五言絶句（上平七虞韻）

東○天○花○火●上●

青○赤●黄○音○無◎

窗○外●遠●方○眺●

老●人○孤○獨●愉◎

平成三〇年五月

遠花火

東天　花火　上る

青　赤　黄　音　無し

窓外　遠方の眺め

老人　孤独の　愉《たのしみ》

乾坤法則

東○西○南○北●富●賢○人◎
春○夏●秋○冬○全○好●晨◎
四●季●四●方○嚴○秩●序●
乾○坤○法●則●若●斯○眞◎

平成三〇年五月

乾坤法則　　　　　七言絶句（上平十一真韻）

東西南北　賢人に富む
春夏秋冬　全て好晨
四季　四方　厳たる　秩序
乾坤の法則　斯のごとく　真なり

悼石川昌利君

石●火●光○中○寄●此●身◎
川○流○裕●裕●照●郷○人◎
昌○平○威○勢●負●君○大●
利●發●賢○明○卓●絶●仁◎

平成三〇年五月

石川昌利君を悼む　七言絶句（上平十一真韻）

石火　光中に　此の身を　寄す
川流　裕々　郷人を照らす
昌平の威勢　君に負ふこと　大なり
利発　賢明　卓絶の仁

＊第一句…白居易「対酒詩」

東京天望回廊　七言絶句（下平七陽韻）

東○京○名○塔●大●回○廊◎
百●里●天○望○及●異●郷◎
發●信●電●波○通○世●界●
首●都○自●慢●住●民○常◎

平成三〇年五月

東京天望回廊

東京　名塔　大回廊
百里の　天望　異郷に及ぶ
発信する　電波　世界に通じ
首都　自慢は　住民の常

濱離宮恩賜庭園

庭○園○恩○賜●本●離○宮◎
歷●史●今○來○故●事●充◎
往●昔●大●名○行○狩●獵●
近●時○王○室●宛●官○場◎
美○池○干○滿●無○邊○景●

浜離宮恩賜庭園

七言律詩（上平一東韻）

庭園　恩賜　本離宮
歴史　今来　故事に充つ
往昔　大名　狩猟を行ひ
近時　王室　官場に宛つ
美池　干満　無辺の景

水●路●高○低○通○外●航◎

芳○樹●造●形○傳○統●美●

香○花○本●草●自●然○風◎

平成三〇年五月

水路　高低　外航に通ず

芳樹　造形　伝統の美

香花　本草　自然の風

濱離宮

文○明○遺○産●本●離○宮◎
景●物●庭○園○據●各●工◎
千○草●百●花○紛○咲●表●
海●潮○通○堀●異●邦○通◎

平成三〇年五月

浜離宮

文明遺産　本離宮
景物庭園　各工に拠る
千草百花　紛れ咲く表
海潮通堀　異邦に通ず

七言絶句（上平一東韻）

梅雨陰陰

○●○○●●◎
梅雨陰陰萬物潤

●○●●●○◎
突然景趣水田株

●○●●●○●
古來此國以農本

●●○○●●◎
我等回心應內需

平成三〇年五月

七言絶句（上平七虞韻）

梅雨陰々

梅雨　陰々　万物　潤ふ

突然　景趣　水田の株

古来　此の国　農を以って　本とす

我等　回心して　内需に応ぜん

連休　　七言絶句（下平十一尤韻）

晩●春○恆○例●四●連○休◎
勉●學●遊○興○人○各●流◎
道●路●乘○車○混○雜●極●
讀●書○選●擇●老●爺○謀◎

平成三〇年五月

連休

晩春　恒例　四連休
勉学　遊興　人　各流
道路　乗車　混雑の極
読書の選択　老爺の謀

相撲

立●合●一●心○操○上●禪◎
頭○當○胸○郭●振●鬪○魂◎
古●來○相●撲●相○傳○技●
觀●客●感●銘○舞○美●番◎

平成三〇年五月

相撲　　七言絶句（上平十三元韻）

立合　一心　上禪を操る
頭　胸郭に当て　闘魂を振ふ
古来　相撲は　相伝の技
観客　感銘　美番に舞ふ

高層建築

七言絶句（上平一東韻）

高○層○建●築●滿●街○中◎
眺●望●絶●佳○常○備●豐◎
地●震●火●災○方○策●在●
老●人○心○配●願●微○衷◎

平成三〇年五月

高層建築

高層建築　街中に満つ
眺望　絶佳　常備　豊か
地震　火災　方策　在りや
老人の心配　微衷を願ふ

快速船

前○進●豪○華○快●速●船◎
造●型○色●彩●習●先○賢◎
外●洋○騷○亂●富●危○險●
願●重●丁○寧○計●萬●全◎

平成三〇年五月

快速船　　七言絶句（下平一先韻）

前進　豪華　快速船
造型　色彩　先賢に習ふ
外洋　騒乱　危険に富む
願はくは　丁寧を重んじ　万全を計れ

茶會

茶○會●徵○招○鄰●地●莊◎
優○雅○和○服●主●人○粧◎
精○華○骨●董●全○尊○寶●
美●味●豐○饒○甘○露●香◎

平成三〇年六月

茶会

七言絶句（下平七陽韻）

茶会　徴招さる　隣地の荘
優雅なる和服　主人の粧ひ
精華なる骨董　全て尊宝
美味　豊饒　甘露の香

舊友會

七言絶句（下平十一尤韻）

久●闊●今○宵○朋○友●游◎
知○人○過○半●後●世○愁◎
歡○談○飲●酒●浮○誇○擧●
老●力●發●揮○彰○昔●流◎

平成三〇年六月

旧友会

久闊　今宵　朋友　游ぶ
知人　過半　後世　愁し
歓談　飲酒　浮誇　挙げ
老力　発揮　昔流を彰はす

米朝會談

米●朝○首●脳●會●談○纏◎
廻○核●皆○無○意●轉●遷◎
二●者●翻○然○邀○一●致●
平○和○世●界●在●承○前◎

平成三〇年六月

米朝会談

七言絶句（下平一先韻）

米朝　首脳　会談　纏れ
核の皆無を廻り　意　転遷
二者　翻然として　一致を邀ふ
平和　世界　承前に在り

日之丸

各●船○必●掲●日●之○丸◎
風○水●居○然○絶●浪●瀾◎
艇●尾●翩○翻○彰○國●勢●
平○和○形○象●我●心○肝◎

平成三〇年六月

日の丸

七言絶句（上平十四寒韻）

各船　必掲　日の丸
風水　居然　浪瀾を絶つ
艇尾　翩翻として　国勢を彰はす
平和の形象　我が心肝

起重機

建●築●要○須○起●重●機◎
青○天○背●景●赤●黄○衣◎
孤○寒○奮●闘●挑○高○所●
現●代●文○明○彼●等●輝◎

平成三〇年六月

起重機

七言絶句（上平五微韻）

建築　須ふるを要す　起重機
青天　背景　赤黄の衣
孤寒　奮闘　高所に挑み
現代の文明は　彼等の輝き

大學競技　　七言絶句（下平七陽韻）

●○●●●○◎
緑芝廣續競爭場
○●●○○●◎
規則踏翻明滅狂
●●○○○●●
學校交鉾衆目的
○○●●●○◎
公明正大示龍光

平成三〇年六月

大学競技

緑の芝　広く続く　競争の場
規則　踏翻　明滅　狂ふ
学校　交鉾　衆目の的
公明　正大　竜光を示す

中元

炎○天○七●月●選●中○元◎
先○生●大●豪○貽○酒●樽◎
日●頃●無○音○猶○不●足●
陳○言○一●意●獻●殘○魂◎

平成三〇年六月

中元

七言絶句（上平十三元韻）

炎天　七月　中元を選ぶ
先生　大豪　酒樽を　貽る
日頃　無音　猶ほ　足らず
陳言　一意　残魂を献ず

雷鳴急襲

六●月●雨●天○迎○入●梅◎
全○身○憂○鬱●總●衰○頽◎
雷○鳴○急●襲●震●驚○世●
晴○渡●紅○橋○絕●景●催◎

平成三〇年六月

雷鳴急襲　　七言絶句（上平十灰韻）

六月　雨天　入梅を迎ふ
全身　憂欝　総て　衰頽
雷鳴　急襲　震　世を驚かす
晴れ渡る紅橋　絶景を催す

喫茶

少●女●煎○茶○午●后●庵◎
芳○香○滿●室●老●孤○湛◎
平○生○勞○苦●忽●消○滅●
氣●分●清○明○欲●旨●甘◎

平成三〇年六月

喫茶　　　　七言絶句（下平十三覃韻）

少女　茶を煎る　午后の庵
芳香　室に満ち　老　孤り湛しむ
平生の労苦　忽ち　消滅
気分　清明　旨甘を欲す

七言絶句（下平一先韻）

暗雲

曇○氣●昏○昏○覆●四●邊◎
朦○朧○萬●物●誘●愁○眠◎
世●情○多○事●豈●愉○也●
冷●靜●沈○思○抵●外●緣◎

平成三〇年六月

暗雲

曇気　昏々　四辺を覆ふ
朦朧　万物　愁眠を誘ふ
世情　多事　豈　愉しまんや
冷静　沈思　外縁に抵らん

南洲　西郷隆盛

西○郷○明○治●一●新○雄◎
最●近●風○評○示●氏●功◎
春○暖●興○亡○官○部●隊●
夏●炎○無○血●帝●都○攻◎
秋○涼○壯●絶●征○韓○論●

南洲　西郷隆盛

七言律詩（上平一東韻）

西郷　明治一新の雄
最近の風評　氏の功を示す
春暖　興亡　官部隊
夏炎　無血　帝都攻め
秋涼　壮絶　征韓論

○●○○○●◎
冬冷城山悲業終
○●○○○●●
英傑生涯旋轉極
○○○●●○◎
隆盛孤立貫純忠

平成三〇年六月

冬冷　城山　悲業の終り
英傑　生涯　旋転の極
隆盛　孤立　純忠を貫く

四季之風

東○風○輕○快●撫●朋○馳◎
西○日●斜○充○賑●自●炊◎
南○去●人○行○平○靜●戻●
北●來○心○服●可●謙○辭◎

平成三〇年六月

四季之風　七言絶句（上平四支韻）

東風　軽快　朋を　撫でて　馳せ
西日　斜めに充ちて　自炊　賑はふ
南去　人　行き　平静　戻り
北来　心服　謙辞たるべし

作詩三昧

●作○詩●三●昧●月○中◎過
●各●種○名○歌○胸●裏◎多
●剽●竊○模○型○不●可●採
●獨○創○詞●曲●腦○波◎磨

平成三〇年六月

作詩三昧　　七言絶句（下平五歌韻）

作詩　三昧　月中　過す
各種の名歌　胸裏に多し
剽窃　模型　採る可からず
独創の詞曲　脳波　磨く

颶風

今○年○第●一●颶●風○來◎
豪○雨●強○嵐○多○落●雷◎
恆○例●勞○心○無○策●極●
通○過○待●避●匪●艮○才◎

平成三〇年六月

颶風

七言絶句（上平十灰韻）

今年　第一　颶風　来る
豪雨　強嵐　落雷　多し
恒例の　労心　無策の極
通過　待避　良才にあらず

日米交渉

懸○案●過○多○日●米●間◎
通○商○貿●易●相●應○頑◎
大●臣○親○話●彼●元○首●
世●界●平○和○懸○貳●顔◎

平成三〇年六月

日米交渉　　七言絶句（上平十五刪韻）

懸案　過多　日米間
通商　貿易　相応に頑なり
大臣　親しく話す　彼の元首
世界の平和　弐顔に懸る

交通事故　　七言絶句（下平八庚韻）

交○通○事●故●倍●加○萌◎
老●體●操○車○作●定●評◎
運●轉●謙○辭○名○法●策●
操○持○自●動●最●高○英◎

平成三〇年六月

交通事故

交通事故　倍加の　萌し
老体の操車　定評を作す
運転　謙辞　名法策
操持　自動　最高の英

齢九十

人●類●生○存○略●百●年◎
二●三○倍●位●越●従○前◎
老●生○九●十●臨○終○近●
功○績●皆○無○意●肅●然◎

平成三〇年六月

齢九十

人類　生存　略々　百年
二三倍　位　従前を越ゆ
老生　九十　臨終　近し
功績　皆無　意　粛然

七言絶句（下平一先韻）

苔

七言絶句（上平十灰韻）

濃○碧●多○岐○日●本●苔◎
京○都○寺●院●飾●前○栽◎
佛●教○訓●誡●相○關○有●
萬●古●知○明○華○弗●開◎

平成三〇年六月

苔

濃碧　多岐　日本の苔
京都の寺院　前を飾って　栽える
仏教　訓誡　相関　有りや
万古の知明　華　開かず

最近音曲

●○●●●○◎
妙音靜聞喫茶舖

●●○○●●◎
古老孤雲實演愉

●●○○○●●
一變歌謠親近曲

○○●●●○◎
回心亂打不遭吾

平成三〇年六月

最近の音曲　　七言絶句（上平七虞韻）

妙音　静かに聞く　喫茶の舗

古老　孤雲　実演の愉み

一変　歌謡　親近の曲

回心　乱打　吾に遭はず

孤雲野鶴

孤○雲○野●鶴●現●居○姿◎
人○去●朋○亡○我●獨●遺◎
交○友●詩○歌○無○損●益●
今○生○憶●出●共●年○衰◎

平成三〇年六月

孤雲野鶴　　　　　　　　七言絶句（上平四支韻）

孤雲　野鶴　現居の姿
人　去り　朋　亡く　我　独り遺る
交友の詩歌　損益　無し
今生の憶ひ出　年と共に　衰ふ

若者往時姿

五言絶句（上平四支韻）

友●語●星○空○下●
微○風○撫●雪●肌◎
人○文○天○下●事●
若●者●往●時○姿◎

平成三〇年六月

若者往時姿

友と語る　星空の下
微風　雪肌を　撫づ
人文　天下の事
若者　往時の姿

寄席 (一)

寄●席●興○隆○我●國●傳◎
藝●人○熱●演●會●衆○燃◎
題○材○陳●腐●意●封○建●
時○世●變●當○沿○革●淵◎

平成三〇年六月

寄席 (一)

七言絶句（下平一先韻）

寄席　興隆　我が国の伝
芸人　熱演　会衆　燃ゆ
題材　陳腐　意　封建
時世　変る　当に沿革の淵たるべし

寄席（二）

萬●才○落●語●講●談○他◎
日●本●遊○興○極●雜●多◎
音○曲●歌○舞○脚○色●富●
當○今○改●革●合●如○何◎

平成三〇年六月

寄席（二）　七言絶句（下平五歌韻）

万才　落語　講談　他
日本の遊興　極めて　雑多
音曲　歌舞　脚色に富む
当今の改革　まさに　如何とすべきや

夏至　　五言絶句（上平十五刪韻）

晝●長○昏○短●日●
夏●至●雨●晴○間◎
黙●考●沈○思○際●
入●梅○天○與●寰◎

平成三〇年六月

夏至

昼　長く　昏　短き　日
夏至　雨の晴間
黙考　沈思の際
入梅は　天与の寰

老残之記

七言絶句（上平十灰韻）

眼●耳●盲○聾○頭○脳●呆◎
老●爺○最●近●遇●徘○徊◎
人○生○夢●死●無○爲○恥●
終○末●溫○顏○望○發●哀◎

平成三〇年六月

老残之記

眼耳　盲聾　頭脳　呆
老爺　最近　遇　徘徊
人生　夢死　無為の恥
終末の温顔　発哀に望む

自動車

陸●續●通○行○自●動●車◎
文○明○利●器●世●精○華◎
名○聲○各●地●周○期○結●
生●者●便○宜○迅●速●誇◎

平成三〇年六月

自動車　　七言絶句（下平六麻韻）

陸続として　通行　自動車
文明の利器　世の精華
名声の　各地　周期に　結ぶ
生者の　便宜　迅速の誇

定例會合　　七言絶句（下平十一尤韻）

一●年○數●度●舊●朋○鳩◎
懐○古●新○談○無○處●留◎
暑●氣●猛●然○中○止●報●
萬●端○殘○念●待●來○秋◎

平成三〇年七月

定例会合

一年　数度　旧朋　鳩まる
懐古　新談　留まる処　無し
暑気　猛然　中止の報
万端　残念　来秋を待つ

異狀氣象

七●月●初○旬○梅○雨●期◎
本●年○異●狀●既●明○姿◎
太●陽○燦●燦●暑●分○漲●
世●界●風○雲○畏●變●移◎

平成三〇年七月

異状気象

七月　初旬　梅雨の期
本年　異状　既に明けの姿
太陽　燦々　暑分　漲る
世界の風雲　変移を畏れる

七言絶句（上平四支韻）

樂迷詩

迷詩を楽しむ　　七言絶句（上平四支韻）

夏●來○山○海●漫●遊○愉◎
若●者●年○中○全○國●馳◎
老●骨●無○殘○身○不●動●
閑○居○獨●善●樂●迷○詩◎

平成三〇年七月

夏　来る　山海　漫遊　愉し
若者　年中　全国を馳せ
老骨　無残　身　動かず
閑居　独善　迷詩を楽しむ

茅屋詠詩

五言絶句（下平一先韻）

都○鳥●舞○川○面●
海●鷗○游○岸●邊◎
古●謠○良○合●唱●
茅○屋●詠●詩○前◎

平成三〇年七月

茅屋詠詩

都鳥　川面に　舞ひ
海鷗　岸辺に　游ぶ
古謡　合唱に　良し
茅屋　詠詩の前

早起

早●朝○夙●起●潔●心○身◎

浄●机●明○窗○我●愛●鄰◎

現●世●終○焉○英○達●近●

東○方○微○瞬●曙●星○親◎

平成三〇年七月

早起　　　　　　　　七言絶句（上平十一真韻）

早朝　夙に起き　心身を潔む

浄机　明窓　我が愛する隣

現世の　終焉　英達　近し

東方　微に瞬く曙の星に親しむ

求美醇

深○夜●徘○徊○我●一●人◎
蟲○聲○耳●快●眺●螢○燐◎
上●天○下●界●何○倫○理●
有●限●餘○生○求○美●醇◎

平成三〇年七月

美醇を求む　　七言絶句（上平十一真韻）

深夜　徘徊　我　一人
虫の声　耳に快よく　蛍燐を眺める
上天　下界　何の　倫理ぞ
有限の余生　美醇を求む

雨降地固

降●雨●連○陰○地●固●長◎
窗○邊○植●物●放●芳○香◎
天○衣○綠●碧●適●栽○植●
白●髮●私○經○雲○路●光◎

平成三〇年七月

雨降って地固まる　　七言絶句（下平七陽韻）

降雨　連陰　地　固りて長し
窓辺の植物　芳香を放つ
天衣　緑　碧　栽植に適す
白髪　私に経る　雲路の光

鰍遡上

五言絶句（上平五微韻）

鰍○遡●故●鄉○水●
銀○鱗○暎●日●輝◎
千○年○長○續●景●
老●若●岸●邊○圍◎

平成三〇年七月

鰍遡上

鰍　遡る　故郷の水
銀鱗　日に暎じて　輝く
千年　長く続く　景
老若　岸辺を囲む

飛行機

七言絶句（下平十三覃韻）

自●由○自●在●渉●空○機◎
世●界●都○街○最●短●飛◎
巨●大●營○爲○人○類●技●
將○來○發●展●拓●前○扉◎

平成三〇年七月

飛行機

自由自在　空を渉る機
世界の都街　最短に飛ぶ
巨大なる営為　人類の技
将来の発展　前扉を拓く

天候異變

七言絶句（上平三江韻）

豪○雨●猛●風○蒙○本●邦◎
壞●崩○浸●水●總●投○降◎
天○文○異●變●近●時○則●
對●策●邊○防○捧●滿●腔◎

平成三〇年七月

天候異変

豪雨　猛風　本邦　蒙る
壊崩　浸水　総て　投降
天文　異変　近時の則
対策　辺防　満腔を捧ぐ

洞窟救助

少●年○閉●鎖●十●三○人◎
暗●黒●無○空○生○死●鄰◎
結●集●官○民○重○努●力●
全○員○救●助●謝●龍○神◎

平成三〇年七月

洞窟救助　　七言絶句（上平十一真韻）

少年　閉鎖さる　十三人
暗黒　無空　生死　隣す
官民を結集し　努力を重ね
全員　救助　竜神に謝す

新聞

早●朝○起●出●讀●新○聞◎
球○技●格●鬪○充○冗●文◎
社●會●政●經○幾○外●面●
世●間○公○器●合●通○筋◎

平成三〇年七月

新聞　　　　　　　七言絶句（上平十二文韻）

早朝　起き出で　新聞を読む
球技　格闘　冗文に充つ
社会　政経　幾んど　外面
世間の公器　合に　筋を通すべし

墓参

毎●年○八●月●拝●丘○墳◎
縁○者●賢○人○馥●氣●薫◎
富●士●西○望○風○景●美●
白●頭○近●日●共●時○文◎

平成三〇年七月

墓参　　七言絶句（上平十二文韻）

毎年　八月　丘墳に拝す
縁者　賢人　馥気　薫る
富士　西に望み　風景　美わし
白頭　近日　時文を共にせん

鸚哥

○○●●●○◎
鸚哥愛鳥如懷人

●●●○○●◎
覺語喋歌歡住民

○●●○○●●
驚可近時憎惡的

●○●●●○◎
喚聲亂海及鄉鄰

平成三〇年七月

インコ　七言絶句（上平十一真韻）

鸚哥　愛鳥　人に懐く　如し

語を覚り　歌を喋り　住民を　歓ばす

驚く可し　近時　憎悪の的

喚声　乱海　郷隣に　及ぶ

自發的無償參加

自●由○士●赴●變●災○家◎
酷●暑●汗●顏○謀○外●邪◎
援○助●鄉○鄰○吾○國●美●
全○員○協●力●守●精○華◎

平成三〇年七月

自発的無償参加　　七言絶句（下平六麻韻）

自由の士　変災の家に　赴く
酷暑　汗顔　謀外の邪
援助　郷隣　吾国の美
全員　協力　精華を守る

松竹新喜劇七十年

劇●團○記●念●演●舞○場◎
七●十●周○年○松○竹●裝◎
役●者●擧●聲○供○逸●話●
觀●衆○澄○耳●答●希○望◎
櫻○花○漫●漫●東○都○客●

松竹新喜劇七十年　　**七言律詩**（下平七陽韻）

劇団　記念　演舞場
七十周年　松竹の装ひ
役者　声を挙げて　逸話を供し
観衆　耳を澄まして　希望に答ふ
桜花　漫々　東都の客

菊●水●玲○玲○西○市●郎◎
時○代●變●遷○心○意●動●
純○眞○娯●樂●此●魔○王◎

平成三〇年七月

菊水　玲々　西市の郎
時代の変遷　心意　動く
純真の娯楽　此れ　魔王

大暑

炎○天○大●暑●渇●全○身◎
異●状●憂○惶○世●界●眞◎
熱●死●悲○哀○相○繼●起●
須○殫○才○智●滅●魔○神◎

平成三〇年七月

大暑　七言絶句（上平十一真韻）

炎天　大暑　渇　全身
異状の憂惶　世界の真
熱死の悲哀　相ひ継いで起る
須べからく　才智を殫し　魔神を滅すべし

百日紅

七言絶句（上平一東韻）

夏●熱●炎○天○百●日●紅◎
物●皆○暑●內●獨●興○隆◎
朱○花○自●發●永●期○樂●
兒○等●模○之○勵●老●翁◎

平成三〇年七月

百日紅

夏熱　炎天　百日紅
物　皆　暑き内　独り　興隆
朱花　自ら発し　永期　楽しむ
児等　之を模し　老翁を励ます

螢

五言絶句（下平一先韻）

螢○點●滅●三○四●
餘○光○水●映●妍◎
田○園○將○景●絶●
贊●美●特●新○鮮◎

平成三〇年七月

蛍

蛍　点滅す　三四
余光　水に映じて　妍し
田園　将に　景　絶えんとす
賛美　特に　新鮮なり

珍果來

南○國●友●人○貽○土●珍◎
球○形○黃○色●匂●清○純◎
可●驚○美●玉●豐○盈○味●
禮●狀●一●通○期○再●遵◎

平成三〇年七月

珍果　来る

七言絶句（上平十一真韻）

南国の友人　土珍を貽る
球形　黄色　匂　清純
驚く可し　美玉　豊盈の味
礼状　一通　再遵を期す

調髪

理●髪●洗●頭○英○氣●增◎
技●師○女●性●絹●綢○徵◎
髭○鬚○相○整●男○前○擧●
白●首●體●裁○辛○了●承◎

平成三〇年七月

調髪　　七言絶句（下平十蒸韻）

理髪　洗頭　英気　増す
技師　女性　絹綢の徴
髭鬚　相ひ整ひ　男前　挙がる
白首　体裁　辛うじて　了承

蟬聲

蟬○聲○騷○擾●響●川○原◎
握●棹●舟○人○過○水●門◎
野●客●悠○然○田○舍●景●
傳○來○風●物●好●原○存◎

平成三〇年七月

蟬声　　七言絶句（上平十三元韻）

蟬声　騷擾　川原に響く
棹を握る舟人　水門を過ぐ
野客　悠然　田舍の景
伝来の風物　好もしく　原存

遇舊友

夏宵久闊遇相知
●○●●●○◎

懷古歡談交互嬉
○●○○○●◎

次會何機重襲日
●●○○○●●

老人不計可期時
●○●●●○◎

平成三〇年七月

旧友に遇ふ　　七言絶句（上平四支韻）

夏宵　久闊　相知に遇ふ

懐古　歓談　交互に嬉し

次会　何れの機か　重襲の日

老人　計　時を期すべからず

今年花火

今○夕●東○天○花○火●揚◎
黄○朱○彩●綫●躍●空○央◎
平○和○現●代●萬●人○樂●
願●望●斯○光○永●遠●昂◎

平成三〇年七月

今年の花火　　七言絶句（下平七陽韻）

今夕　東天　花火　揚がる
黄　朱　彩線　空央に躍る
平和の現代　万人　楽しむ
斯の光を願望し　永遠に昂れ

向日葵

夏●末●花○開○向●日●葵◎
陽○光○燦●燦●向●頭○披◎
黄○華○一●面●十●全○美●
元○氣●横○行○見●少●兒◎

平成三〇年八月

向日葵

七言絶句（上平四支韻）

夏末　花開く　向日葵
陽光　燦々　頭を向けて披く
黄華　一面　十全の美
元氣　横行　少兒を見る

鰻蒲焼

暑●中○土●用●食●燔○鰻◎
垂○付●蒲○焼○實●美●餐◎
傳○聞●稚●魚○皆○乏●瀬●
資○源○確●保●究●無○殘◎

平成三〇年八月

鰻蒲焼　　七言絶句（上平十四寒韻）

暑中　土用　燔鰻を食ふ
垂れ付き蒲焼　実に美餐
伝へ聞く　稚魚　皆乏の瀬
資源　確保　無残を究む

火星

何○十●年○來○近●火●星◎
眞○紅○球○體●眼●難○停◎
切●要○器●具●摑●粗○略●
孰●日●探○求○欲●究●形◎

平成三〇年八月

七言絶句（下平九青韻）

火星

何十年来　火星　近づく
真紅の球体　眼　停り難し
切要の器具　粗略を掴み
孰れの日にか　探求　形を究めんと欲す

眼科醫院

異●物●端○居○目●敗●殘◎
眼●科○探●出●係●醫○院◎
精○鑑○點●檢●異●狀○罔●
古●老●優○閑○試●鍊●丹◎

平成三〇年八月

眼科医院

七言絶句（上平十四寒韻）

異物　端居　目　敗残
眼科　探し出し　医院に係る
精鑑なる点検　異状　罔し
古老　優閑　錬丹を試みる

一天急變

●一○天●急●變●雨○嚴◎然
●樹●木○蘇○生●草●陌◎阡
●萬●物○流○光○人●僅●活
○神○靈●所●與●正○無◎邊

平成三〇年八月

一天急変　　七言絶句（下平一先韻）

一天急変　雨　厳然
樹木　蘇生　草　陌阡
万物　流光　人　僅かに活く
神霊の所与　正に　無辺

五言絶句（下平一先韻）

快速船

白●波○泡○立●走●
快●速●競●争○船◎
何○日●闘●天○下●
男●児○同○學●縁◎

平成三〇年八月

快速船

白波　泡立て　走る
快速　競争船
何れの日か　天下と闘ふ
男児　同学の縁

美虹鮮

五言絶句（下平一先韻）

盛●夏●首●都○景●
迅●雷○驚○四●邊◎
暫●時○豪○雨●後●
天○霽●美●虹○鮮◎

平成三〇年八月

美虹　鮮かなり

盛夏　首都の景
迅雷　四辺を驚かす
暫時　豪雨の後
天　霽れ　美虹　鮮かなり

訃報至

訃●報●至●鄰○家○主●人◎
生○年○近●接●逸●遊○頻◎
多○能○博●識●學●純○厚●
來○世●目●前○期○歷●巡◎

平成三〇年八月

訃報 至る　七言絶句（上平十一真韻）

訃報 至る 隣家の主人
生年 近接 逸遊 頻りなり
多能の博識 純厚に学ぶ
来世 目前 歴巡を期す

悼服部壽郎師

服●裝○端○正●好●評○元◎
部●屋●清○純○行○跡●尊◎
壽●命●天○爲○人○有●限●
郎○君○吟○曲●贈●兒○孫◎

平成三〇年八月

服部壽郎師を悼む　　七言絶句（上平十三元韻）

服装　端正　好評の元
部屋　清純　行跡　尊し
寿命　天為にして　人　有限
郎君　曲を吟じ　児孫に贈る

悼歌丸

落●語●歌○丸○正○死●亡◎
萬●人○悼●老●靜●焚○香◎
純○眞○話●術●世●間○範●
性●格●純○情○藝●界●王◎

平成三〇年八月

歌丸を悼む　　七言絶句（下平七陽韻）

落語　歌丸　正に死亡す
万人　老を悼み　静かに　香を焚く
純真の話術　世間の範
性格　純情　芸界の王

雲往水流

七言絶句（上平九佳韻）

雲○往●生○生○宇●宙●涯◎
水●流○肅●肅●世●間○街◎
頻○繁○變●轉●滯●留○莫●
世●界●名○聞○今○絕●佳◎

平成三〇年八月

雲は往き水は流れる

雲は往く　生々　宇宙の涯
水は流れる　粛々　世間の街
頻繁なる変転　滞留　莫し
世界の名聞　今　絶佳

獨身滿喫

老●來○横●着●赴●公○堂◎
食●事●單○純○選●日●洋◎
榮○養●衞●生○充○分●饗●
獨●身○滿●喫●願●靈○長◎

平成三〇年八月

独身満喫

七言絶句（下平七陽韻）

老来　横着　公堂に赴く
食事　単純　日洋を選ぶ
栄養　衛生　充分の饗
独身　満喫　霊長を願ふ

七言絶句（上平十灰韻）

友招來

青○天○吉●日●友●招○來◎

古●老●家○居○問●異●才◎

衆●目●驚○惶○乾○濕●備●

爺○婆○安○堵●襲●金○杯◎

平成三〇年八月

友招来

青天　吉日　友　招来

古老の家居　異才を問ふ

衆目　驚惶　乾湿　備はる

爺婆　安堵　金杯を襲ぬ

書類整理

雑●誌●原○文○場○所●堙◎
棄●損○一●切●綜●黄○塵◎
公○私○書○類●保●存○緊●
整●理●身○邊○迎○刷●新◎

平成三〇年八月

書類整理　　七言絶句（上平十一真韻）

雑誌　原文　場所　堙ぐ
一切を棄損し　黄塵を　綜ぶ
公私の書類　保存　緊し
身辺を整理し　刷新を迎ふ

皇居俯瞰

○○●●●○◎
皇居下眺會堂窗
○●●○○●◎
濠水緑叢陽映豊
○●●○○●●
周走若人垂汗去
○○●●●○◎
平和氣運滿天空

平成三〇年八月

皇居俯瞰　七言絶句（上平一東韻）

皇居　下に眺む　会堂の窓
濠水　緑叢　陽に映じて　豊かなり
周走の若人　汗を垂らして　去る
平和の気運　満天の空

七言絶句（下平一先韻）

屋形船

○○○●●○◎
歌舞音曲屋形船

○●●○○●◎
提供正餐孜美娟

○●●○○●●
花火絢爛空外轟

●○○●●○◎
及時經驗首都縁

平成三〇年九月

屋形船

歌舞音曲　屋形船

正餐を提供し　孜める　美娟

花火　絢爛　空外に　轟く

時に及んでは　経験せよ　首都の縁

眼痛

眼●球○疾●痛●赴●當○醫◎
包○帶●蒙○顏○不●可●窺◎
暗●黑●斯○文○君○識●否●
人○生○希○望●悉●衰○萎◎

平成三〇年九月

眼痛　七言絶句（上平四支韻）

眼球　疾痛　当医に　赴く
包帯　顔を蒙ひ　窺ふべからず
暗黒の斯文　君　識るや　否や
人生の希望　悉く　衰萎

老人多病

眼●耳●盲○聾○加○腦●呆◎
老●人○萬●事●惘●流○杯◎
往○年○意●氣●今○何○處●
暫●任●天○爲○重○顧●哀◎

平成三〇年九月

老人多病　　七言絶句（上平十灰韻）

眼耳　盲聾　加へて　脳　呆
老人　万事　流杯を惘む
往年の意気　今　何処
暫らくは　天爲に任せ　顧哀を重ねん

今月歌舞伎

音○調○竹●本●好●連○中◎
御●囃●一●杯○嚴○擴●充◎
今○月●芝○居○全○價●觀●
人○謠○合●體●是●無○窮◎

平成三〇年九月

七言絶句（上平一東韻）

今月の歌舞伎

音調　竹本　好連中
御囃　一杯　厳しく　拡充
今月の芝居　全て　観るに価す
人謡　合体　是れ　無窮

日本倶樂部之禁煙

日本倶楽部の禁煙　　七言絶句（下平二蕭韻）

禁●煙○全○面●世●風○潮◎

我●會●受●容○窮○面●妖◎

應●接●食●堂○灰○皿●異●

健○康○第●一●改●敎○條◎

禁煙　全面　世の風潮

我が会の受容　窮めて　面妖

応接　食堂　灰皿　異なり

健康　第一　教条を改めん

平成三〇年九月

秋日好天

秋○日●好●天○迎○漸●期◎
體●操○球○技●總●全○施◎
男○兒○一●匹●優○人○有●
至●極●無○殘○沈○默●姿◎

平成三〇年九月

秋日好天　　七言絶句（上平四支韻）

秋日　好天　漸く期を迎ふ
体操　球技　総て　全施
男児　一匹　人に優れて有り
至極　無残　沈黙の姿

銀木犀

七言絶句（上平八斉韻）

漂○市●芳○香○銀○木●犀◎
白●檀○果●實●散●些○蹊◎
毎●年○反●覆●故●郷○景●
人○生●末●途○偲○寡●妻◎

平成三〇年九月

銀木犀

市に漂ふ芳香　銀木犀
白檀の果実　些か　蹊に散る
毎年　反覆　故郷の景
人生の末途　寡妻を偲ぶ

十五夜

今○宵○滿●月●寂●光○煌◎
輕○快●秋○風○撫●頰●良◎
式●部●哀○吟○須○磨●浦●
樂●天○朗●詠●夜●央○鄉◎
邦○中○勇●者●介●音○動●

十五夜

七言律詩（下平七陽韻）

今宵　満月　寂光　煌く
軽快なる秋風　頰を撫でて　良し
式部　哀吟　須磨の浦
楽天　朗詠　夜央の郷
邦中の勇者　音を介して動き

海●外●佳○人○降○地●忙◎
傳○說●羽●衣○神○話●始●
古●來○習●俗●放●芳○香◎

平成三〇年九月

海外の佳人　地に降りて忙し
伝説の羽衣　神話の始
古来の習俗　芳香を放つ

文樂專念飛鳥號

秋○天○好●日●載●便○船◎
文○樂●專○門○悅●好●緣◎
義●大●夫○聲○明○洗●耳●
淨●瑠○璃○味●壓●鳴○弦◎
人○形○手●足●黑●子○役●

文楽専念飛鳥号

七言律詩（下平一先韻）

秋天　好日　便船に載る
文楽　専門　好縁を悦ぶ
義大夫の声　耳を洗って明らかに
浄瑠璃の味　弦を鳴らして圧す
人形の手足　黒子の役

主●役●頭○顔○國●寶●傳◎
演●藝●多○岐○蒙○世●界●
我●邦○美●術●必●須○妍◎

平成三〇年九月

主役の頭顔　国宝の伝
演芸　多岐　世界を蒙ふ
我が邦の美術　必須の妍

五言絶句（上平四支韻）

横中三四會

横○中○三○四●會●
最●後●學●窗○嬉◎
大●半●異●門○籍●
殘○人○暮●奥●儀◎

平成三〇年一〇月

横中三四会

横中三四会
最後の学窓　嬉し
大半　門籍を異にす
残人　奥儀に暮らす

世界情勢

米●露●中○邦○南○北●鮮◎
紛○争○繼●續●想●嚴○然◎
大●州○利●害●細●微○絡●
世●界●平○和○余○宿●縁◎

平成三〇年一〇月

世界情勢

七言絶句（下平一先韻）

米露　中邦　南北鮮
紛争　継続　想　厳然
大州の利害　細微に絡む
世界の平和　余の宿縁

豐洲

百●男○千○女●集●
新○港●市●豐○洲◎
物●溢●人○充○盛●
望○斯○勢●更●求◎

平成三〇年一〇月

豊洲　　　五言絶句（下平十一尤韻）

百男　千女　集る
新港　市　豊洲
物　溢れ　人　充ちて　盛んなり
望むべくんば　斯の勢　更に求むるを

市場移轉

●○○●●○◎
市場移轉混迷窮

●●○○●●◎
引越人車作列充

●●○○○●●
世紀威容當始難

●○○●●○◎
後生民衆得興隆

平成三〇年一〇月

市場移転　　七言絶句（上平一東韻）

市場　移転　混迷の窮

引越の人車　列を作りて　充つ

世紀の威容　当に始め難たるべし

後生の民衆　興隆を得ん

豊洲市場　(一)

本●日●始●元○新○市●場◎
鮮○魚○充○實●俥●人○忙◎
入●參○廣●大●最●高○備●
世●界●將●來○財○物●商◎

平成三〇年一〇月

七言絶句（下平七陽韻）

豊洲市場　(一)

本日　始元　新市場
鮮魚　充実　俥　人　忙し
入参　広大　最高の備へ
世界の将来　財物の商

豊洲市場　㈡

○○●●●○◎
人車澀滯現豐洲
●●●○○●◎
接續二橋夢玉樓
●●○○○●●
計畫當初違記念
●○●●●○◎
願超障害治場頭

平成三〇年一〇月

豊洲市場　㈡　　七言絶句（下平十一尤韻）

人車　渋滞　現　豊洲
接続の二橋　夢の玉楼
計画の当初　記念と違ふ
願はくは　障害を超え　場頭を治めん

平家女護島

原○作●近●松○妻○助●洲◎
五●編○吟○樂●世●家○憂◎
中○間○僧○侶●孤○雲○涙●
前○置●平○家○獨●斷●謀◎
城○下●衛●兵○粗○暴●極●

平家女護島

原作　近松　妻助が洲
五編の吟楽　世家の憂
中間の僧侶　孤雲の涙
前置の平家　独断の謀
城下の衛兵　粗暴の極

七言律詩（下平十一尤韻）

●○●●●○◎
海濱美女雅懷優
○○●●●○●
歌舞伎演略不熟
●●○○○●◎
古典名華傳配流

平成三〇年一〇月

海浜の美女　雅懐の優
歌舞伎の演　略して不熟
古典の名華　配流に伝へん

作詩三昧（一）

觸●折●縁○時○人○作●詩◎
天○空○萬●象●總●成○詞◎
終○生○願●望●家○郷○志●
喜●怒●哀○憐○捧●郡●祠◎

平成三〇年一〇月

作詩三昧（一）　七言絶句（上平四支韻）

折に触れ　時に縁り　人　詩を作る
天空　万象　総て　詞と成る
終生の願望　家郷の志
喜怒　哀憐　郡祠に捧げん

作詩三昧　㈡

天○下●事●功○無○不●詩◎
喜●悲○時○及●必●歌○吹◎
往●年○君○子●刻●名○詠●
我●等●服●膺○殘○壽●詞◎

平成三〇年一〇月

作詩三昧　㈡　七言絶句（上平四支韻）

天下の事功　詩ならざるは無し
喜悲　時に及べば　必ず　歌　吹く
往年の君子　名詠を刻す
我等　服膺　寿詞を残さん

往時懐古

夕●闇●近●來○都○外●園◎
野●球○觀●戰●與●同○門◎
常○時○敗●北●亦●無○奈●
不●易●青○春○年○毎●魂◎

平成三〇年一〇月

往時懐古　七言絶句（上平十三元）

夕闇　近来　都　外園
野球　観戦　同門に与する
常時　敗北　亦　いかんとも　するなし
易らず　青春　年毎の魂

人生

七言絶句（下平十三覃韻）

人○生●征○途○難○再●三◎
及●時○處●事●萬●端○堪◎
快●晴○嵐○後●世●間○毎●
求○活●死●中○酬○満●擔◎

平成三〇年一一月

人生

人生の征途　難きこと　再三
時に及び　事に処して　万端　堪ふ
快晴　嵐後は　世間の毎
活を求めて死中　満担に酬ひん

賀狀欠禮

生●誕●遙○超○九●十●齡◎
腦●衰○體●老●所●思○停◎
新○年○賀●狀●不●須○意●
人○後●遲○遲○求○景●星◎

平成三〇年一一月

賀状欠礼　　七言絶句（下平九青韻）

生誕　遥に超ゆ　九十齢
脳　衰へ　体　老い　所思　停まる
新年の賀状　意を須ひず
人後　遅々　景星を求む

晩秋景

天○空○靄●靄●晩●秋○郷◎
寒○氣●漸●來○冬○着●裝◎
紅○葉●彩○山○和○氣●美●
沈○憂○打●棄●浸●溫○湯◎

平成三〇年一一月

晩秋景　　　七言絶句（下平七陽韻）

天空　靄々　晩秋の郷
寒気　漸来　冬着　装ふ
紅葉　山を彩り　和気　美し
沈憂　打ち棄て　温湯に　浸る

小鳥

五言絶句（上平六魚韻）

小●鳥●集●欄○檻●

上●潮○求○幼●魚◎

毎●朝○河○側●景●

萬●古●水●邊○虚◎

平成三〇年一一月

小鳥

小鳥　欄檻に集る

上げ潮　幼魚を求む

毎朝　河側の景

万古　水辺の虚

眼病入院

加○歳●黄○斑○變●性●痾◎
入●院○手●術●及●名○科◎
令●醫○一●閃●除○餘○病●
長○壽●發●揚○吟○牧●歌◎

平成三〇年一一月

七言絶句（下平五歌韻）

眼病入院

加歳　黄斑　変性　痾
入院　手術　名科に及ぶ
令医の一閃　余病を除き
長寿　発揚　牧歌を吟ず

五言絶句（上平一東韻）

歳末黄昏

歳●末●黄○昏○早●
冬○陽○一●瞬●夢◎
人○生○應○若●此●
萬●事●勉●行○衷◎

平成三〇年一二月

歳末黄昏

歳末　黄昏　早し
冬陽　一瞬の夢
人生は　応に　かくのごときか
万事　勉行の衷《まこと》

昭和平成　七言絶句（上平九佳韻）

二●尊○在●位●我●生○涯◎
戦●争●平○和○粗○悉●皆◎
現●狀●擴●充○希○永●續●
一●心○不●拔●協●思○偕◎

平成三〇年一二月

昭和平成

二尊の在位　我が生涯
戦争と平和　粗ぼ　悉皆
現状の拡充　永続を希む
一心不抜　思ひを協せ　偕にせん

最近餘情

悠○悠○自●適●現●時○吾◎
老●歳●離○謀○樂●獨●孤◎
朝○刻●吟○詩○陳○大●義●
夕●邊○飲●酒●笑●衆○愚◎
往●年○音○曲●動●人○生●

最近余情

七言律詩（上平七虞韻）

悠々自適　現時の吾れ
老歳　離謀　独孤を楽しむ
朝刻に　詩を吟じて　大義を陳べ
夕辺に　酒を飲みて　衆愚を笑ふ
往年の音曲　人生を動かし

近●世●歌○謠○齎○俗●愉◎
不●滅●民○衆○鑑○歴●史●
満●身○活●氣●應●榮○枯◎

平成三〇年一二月

近世の歌謡　俗愉を齎す
不滅の民衆　歴史に鑑み
満身の活気　栄枯に応ず

年末風景

○冬●日○陽○光○優●暖◎人
○椿○花○紅●色●及○周◎鄰
○平○和●生●活●庶○民●願
○公●衆●一○心○期●迎◎春

平成三〇年一二月

年末風景　七言絶句（上平十一真韻）

冬日　陽光　優しく人を暖む
椿花　紅色　周隣に及ぶ
平和な生活　庶民の願
公衆　一心　迎春を期す

五言絶句（下平一先韻）

歳末所感

當○今○應○是●暮●
勞●苦●築●山○年◎
悲●喜●淡●交○定●
心○機○一●轉●前◎

平成三〇年一二月

歳末所感

当今　応に是れ暮れんとす
労苦　山を築く　年
悲喜　淡交の定め
心機一転の前

姫路城音菊礎石

天○下●名○高○姫○路●城◎
空○飛○白●鷺●日●輝○甍◎
古●來○惡●黨●挑○塵○界●
平○素●善●臣○司○幕●營◎
夫○婦●狐○連○携○惑●世●

姫路城音菊礎石　七言律詩（下平八庚韻）

天下の名高　姫路城
空に飛ぶ　白鷺　日に輝く甍
古来　悪党　塵界に挑み
平素　善臣　幕営を司る
夫婦狐の連携　世を惑わし

親○兒○犬●藝●域●驚○京◎
豪○華○絢●爛●初○舞○劇●
満●足●觀●衆○幾○喚●聲◎

平成三一年一月

親児犬　芸域　京を驚かす
豪華　絢爛　初舞劇
満足せる観衆　幾喚声

現代風潮

古●典●文○雅○現●在●憂◎
軽○佻○浮○薄●近●時○流◎
若●人○所●作●虚○榮○否●
展●望●兒○孫○希○探●求◎

平成三一年一月

現代風潮　　　七言絶句（下平十一尤韻）

古典の文雅　現在の憂
軽佻浮薄　近時の流
若人の所作　虚栄なりや　否や
児孫を展望し　探求を希まん

立春

立○春●經○過○寒●不●衰◎
北●方○豪○雪●物●流○萎◎
弊●家○遠●路●雖●無○係●
意●思●消○沈○深○慮●悲◎

平成三一年二月

立春　　七言絶句（上平四支韻）

立春を経過し　寒　衰へず
北方　豪雪　物流　萎む
弊家　遠路　係り無しと雖も
意思　消沈　深慮　悲む

東園

別●宅●東○園○面●墨●江◎
櫻○花○兩●岸●飾●書○窗◎
西○方○本●據●位●灣○口●
遠●望●南○洋○繫●異●邦◎

平成三一年二月

東園

別宅　東園　墨江に面す
桜花　両岸　書窓を飾る
西方の本拠　湾口に位す
南洋を遠望し　異邦に繋ぐ

七言絶句（上平三江韻）

墨江櫻

七言絶句（下平八庚韻）

●○○●●○◎
墨江三里岸邊櫻
●●●○○●◎
觀客賞春孤鳥驚
●●○○○●●
往昔歌人謠友愛
○○●●●○◎
風流氣分漲新京

平成三一年二月

墨江桜

墨江　三里　岸辺の桜
観客　春を賞で　孤鳥　驚く
往昔　歌人　友愛を謡ひ
風流の気分　新京に漲る

五言律詩（上平四支韻）

老齢

老●爺○超○九●十●
頭○腦●體●偕○衰◎
眉○目●不●人○弁●
耳●聞○無○解●詞◎
岸●花○誇○滿●地●

老齢

老爺　九十を超ゆ
頭脳　体　偕に衰ふ
眉目　人を弁ぜず
耳聞　詞を解すること無し
岸花　満地を誇り

流○水●奏●新○詩◎
萬●物●周○流○世●
獨●愉○時○盛●衰◎

平成三一年三月

流水　新詩を奏す
万物　周く　流世
独り愉む　時の盛衰

雛祭

女●子●祝●雛○祭●
人○形○装○束●妍◎
桃○花○爛○漫●候●
他○日●得●良○縁◎

平成三一年三月

雛祭

女子　雛祭を祝ふ
人形　装束　妍し
桃花　爛漫の候
他日　良縁を得ん

五言絶句（下平一先韻）

作者略歴

昭和　三年一二月　神奈川県横須賀市で出生
昭和一〇年　四月　横須賀市立鶴久保小学校入学
昭和一六年　四月　神奈川県立横須賀中学校入学
昭和二〇年　四月　第一高等学校（旧制）文科入学
昭和二五年　四月　東京大学法学部法律学科入学
昭和二七年一〇月　司法試験合格
昭和二八年　四月　日本勧業銀行（後の第一勧業銀行、現みずほ銀行）
入行、支店長・部長・子会社役員等
平成　五年一二月　定年退職
平成　六年　四月　司法修習生
平成　八年　四月　弁護士登録、岡村綜合法律事務所入所
平成　八年　五月　日本倶楽部入会、濱　久雄先生に師事
平成二二年一二月　岡村綜合法律事務所退所、自宅を事務所とする

作者住所

自宅

〒一三五―〇〇六二　東京都江東区東雲一―九―四一―四二〇八

TEL&FAX　〇三―五九四二―六六八八

ISBN 978-4-89619-052-6

呆堂漢詩集（第四）

二〇一九年七月十日　初版印刷
二〇一九年七月二十日　初版発行

著者　土川泰信
発行者　佐久間保行
印刷所　㈱興学社
発行所　㈱明徳出版社
〒167-0052　東京都杉並区南荻窪一-二五-三
電話　〇三-三三三三-六二四七
振替　〇〇一九〇-七-五八六三四